那湾新月

李伟 ◎ 著

成都时代出版社
CHENGDU TIMES PRESS

图书在版编目（CIP）数据

那湾秋月 / 李伟著 . -- 成都：成都时代出版社，
2024.6
ISBN 978-7-5464-3385-1

Ⅰ. ①那… Ⅱ. ①李… Ⅲ. ①诗词－作品集－中国－
当代 Ⅳ. ① I227

中国国家版本馆 CIP 数据核字（2024）第 022834 号

那湾秋月
NA WAN QIUYUE

李伟　著

出 品 人　达　海
责任编辑　李卫平
责任校对　李　佳
责任印制　黄　鑫　曾译乐
书籍设计　燕　子

出版发行　**成都时代出版社**
电　　话　（028）86742352（编辑部）
　　　　　（028）86615250（发行部）
印　　刷　成都市兴雅致印务有限责任公司
规　　格　145mm×210mm
印　　张　7
字　　数　140 千
版　　次　2024 年 6 月第 1 版
印　　次　2024 年 6 月第 1 次印刷
书　　号　ISBN 978-7-5464-3385-1
定　　价　78.00 元

峨城山记

　　尝闻"西有峨眉，东有峨城"，每念及恨未能早餐秀色。

　　初冬，余得暇与友人往之。是日，晨露未晞，澄空日暖，霜风扑面，料峭轻寒。驱车未几，陡见一山巍巍耸立，远望崇山峭崖，壁立千仞；近看则竹海万顷，蔚然深秀。拾级而上，路旁或茂竹亭立，顾盼生姿；或老枫缤纷，姹笑嫣然；或奇石兀立，古朴苍劲；或流泉飞湍，珠玉生辉。时见采薪拾菇之人，或负而歌，或休于途，山歌袅娜，竹笛清越，无不怡然自乐。

　　峨城者，昔以舞阳俱觉嵋心兵驱苗亡寨也。驻足于此，犹可见峭岩深处古栈道残垣断壁，苔深痕绿，然千年前楚汉战事亦可见一斑。古栈深深，林木翳翳，恍见哙豹眼圆睁，执剑跃马，赴鸿门，定三秦之英风豪气，真乃一夫当关万夫莫开也。然古新宁八景之一"峨城雪霁"亦随舞阳侠风已矣。于今，无缘复见。不亦憾哉？

日中，渐至桓侯寺，因避樊故名之曰桓侯寺。寺方圆十丈，精舍斑驳，梵音暮鼓，参差寥落，偶可见一香客来此。然久经风雨侵蚀，已不堪沧桑。山风徐来，云雾缭绕，竹浪滔滔，心亦澹澹。

昔五柳先生、六一居士、东坡居士、范文正公等先贤莫不寄情于山水，故有《桃花源记》《醉翁亭记》《前赤壁赋》《岳阳楼记》诸多名篇传世。岂非山水之美，秀于外慧于中而乐于心者乎？

归鸟栖，日已暮，吾将还也。

李伟

目录

1　词

1

2

3

词

满庭芳·烟雨初歇

烟雨初歇，翩飞燕子，小园苔径薄凉。海棠未语，花事了如霜。忙趁东风日暖，折细柳、罗带轻扬。湖心看，横笛吹彻，雪染绿纱窗。

思量。空院落，莺啼切切，疏影沉香。且移步樽前，独对残釭。莫道华年似水，声声慢、休问斜阳。即残灯，凭栏望，归舟数点，渔火绕春江。

采桑子·卢沟月

狼烟弥漫卢沟月，铁血凝霜。铁血凝霜，军号声声奔战场。

拔刀点兵驱倭寇，雄翼轻翔。雄翼轻翔，一扫阴霾万丈光。

鹊桥仙·七夕

良宵苦短，鹈鸩声切，深院潇潇寒雨。
烛光无意画蛾眉，玉液尽、匆匆春去。

迢迢银汉，莹莹桂树，争忍半夕相聚？
十年别后信难书，卿记否、边城孤旅。

江城子·抗战胜利七十周年有感

　　神州大地尽春光，筑铜墙，捍国疆。江山万里，铁骑跃平冈。弹雨枪林犹信步，挥热血，战沙场。

　　长空舞剑忆太行，打东洋，灭豺狼！黄河两岸，英武好儿郎。七秩沧桑书锦绣，当重任，谱华章。

踏莎行

兰蕙拂烟，凌波春晓。花间犹记曾年少。杜鹃香冷惊回首，依栏绮梦红尘笑。

把盏轻吟，孤鸿影渺。相思休寄素笺杳。多情谁解怨东风，杨柳飞絮掩斜照。

虞美人·次韵黄庭坚《宜州见梅作》

千山暮雪听芳信，远壑流烟近。横斜清浅暗香迟，疏影残灯别后、画梅枝。

夜来幽梦琴音妒，无计留春住。一溪霜月醉乡深，淡墨几痕只语、寄冰心。

无 题

上弦月，月上弦，弦弦月华曜河前，未语湿青衫。

下弦月，月下弦，皎皎如玉映流年，相期渺无边。

九张机

　　一张机，晓寒春峭绣罗衣，烟花碧月裁云绮。红巾翠袖，夜阑曲散，别梦待归期。

　　两张机，昼长人寐柳如黄，寻芳陌上追莺戏。玉容易老，春衫染泪，兰舫画吴姬。

　　三张机，蔷薇漫放步花蹊，竹楼锦瑟听春意。年年岁岁，暮暮朝朝，洒泪落蝶衣。

　　四张机，悠悠菡萏荡轻屐，棹头戏水拨莲芰。低回浅唱，曼声肠断，凝睇抚横笛。

五张机，琴音密密草萋萋，半涧漱玉飘芳絮。香残红袖，泪湿脂眼，点点诉别离。

六张机，兰亭弦乱入芙蕖，烛光似语留春计。琼楼玉宇，月华露冷，瑶讯问何迟。

七张机，秋菊煮酒舞青衣，画眉鸳枕湿愁绪。枫林染泪，西窗小篆，缺月隐鸟栖。

八张机，霜风掩面卷苍堤，断桥叶落云初霁。湖心茗雪，寒梅冷沁，只影向残荻。

九张机，一汀芷水写相思，小园燕语
人归去。青钉心笺，独依微雨，叶叶落
梧池。

鹊桥仙·七夕

良宵苦短，鹈鹕声切，深院潇潇寒雨。
红烛无计画蛾眉，玉漏尽，匆匆春去。

迢迢银汉，莹莹桂树，怎忍半夕相聚？
十年别后讯难托，卿记否，边城孤旅。

于中好·次韵纳兰容若《独背残阳》

玉漏声残上小楼，月华如练雁声幽。
寒蝉凄切长亭晚，雪魄香魂几度秋。

寻旧迹，梦沉浮。汀兰岸芷水东流。
一怀离绪湿清露，数点归鸿寄少游。

蝶恋花

霜冻风寒欺老藕，玉指纤纤，残月中天瘦。此际销魂休醉酒，一窗春色依池柳。

夜半小楼独坐久，更漏摇红，寞寞孤衾旧。泪染素笺湿翠袖，闲愁如絮卿知否？

临江仙·青梅晓寒

雨洒江天风细细，扁舟一叶凉生。青梅煮酒醉豪英。秋染霜鬓，弹指亦堪惊。

吹彻玉笛寄明月，夜阑卧看河星。关山几度晓寒轻。鼍鼓鸣遍，落日展旗旌。

摸鱼儿·霜降

紫燕归，草木凋处，经年不见梅语。琴飞弦乱兰庭露，对半剪梧桐雨。秋去日，惹残酒，低歌玉齿蛾双舞，颦眉曾妒，忆许许烟云，只身何往，已渺渺飞絮。

空凝泪，又见前缘古渡。斜阳寒意谁诉？莺莺燕燕羁霜误，更难消离愁苦。今且住，念细柳，三更漏断随晨暮。秋来秋去，冷月湿青笺，一汀芷水，洗却浣花事。

蝶恋花·七夕

月沁远山清几许，红蜡低垂，秋水蒹葭处。望断星河倚桂树，玉蟾轻扣来时路。

独坐瑶台更漏住，霜影疏枝，眉敛丝丝语。抚遍琴弦湿冷雾，离愁暗剪兰香去。

临江仙·青田稻浪

一叶扁舟穿稻浪，寒烟轻笼桃红。青田斜照暮岚蒙。竹溪生淡月，疏影醉清风。

小径幽兰听玉漏，依栏曲静春浓。半樽琼酒洗华容。野杏随云外，江阔寄萍踪。

行香子

莲动南洲，碧桂东畴。霜华冷、惊散栖鸥。寒蛩梧落，滴尽清愁。问琴低鸣，云低舞，水低流。

红烛盈泪，独步小楼。几曾误、天际归舟。何时得见，翠袖凝眸。看一江春，一江月，一江秋。

巫山一段云·冬日遣怀

薄暮寒山近，潇湘分碧流。霜风明月一江秋，烟渚隐渔舟。

故道行人晚，依依上小楼。半笺梅语惹清愁，天际淡云收。

浪淘沙·读红楼黛湘联句有感

冷月玉阶长，鹤影残塘。金风暗渡夜初凉。庭外箫声听欲断，半世轻狂。

醉里把春藏，几点屡霜。凭栏无语忆华妆。泪重苔痕伤情处，幽梦凝香。

诉衷情

西风昨夜绕画栏，离恨长亭寒。疏庭玉钗屏冷，缺月照幽兰。

从别后，忆云鬟，绿衫斑。醉影斜照，秋水柳堤，叶落星残。

踏莎行

　　兰蕙拂烟，凌波春晓，花间犹记曾年少。杜鹃香冷惊回首，倚栏绮梦红尘笑。

　　把盏轻吟，孤鸿影渺，相思休寄素笺杳。多情谁解怨冬风，杨柳飞絮掩斜照。

临江仙·柳堤晓月

小院幽草遮故径，一衫静夜寒春。远山空寂点星辰。半樽怀旧梦，只影忆青蘋。

曾记少年携手处，桃红杏绿香邻。柳堤风月写陌尘。相思无语寄，脉脉雪沾襟。

长相思

　　山亦愁，水亦愁，山水迢迢古渡头，
青衫绕指柔。

　　聚无由，散无由，聚散依依难自休，
一别心上秋。

念奴娇·峨城山怀古

登临极目，望峦峰翠泻，峨城雪霁。春晓霜寒，残叶落，醉后豪情几许。虎踞雄关，桑林胜境，古寨千秋碧。举杯邀月，叹沧海渺影去。

回首千年汉楚，金戈铁马，断壁跃轻骑。百战功成江海定，高处寂寞唏嘘。归去乘风，琼林玉树，别易，难重聚。孤烟斜照，雁过云淡无迹。

生查子·元夕

　　寒月洒清辉，渐晚舒云岫。金樽酢柳溪，只影听更漏。

　　懒看玉笺湿，谁见红颜瘦。葱指掩门帘，霜重人如旧。

浣溪沙

　　且尽樽前酒未残，留春不住忆华年。
朱颜都付碧云天。

　　寒雨潇潇烛泣泪，凭风暗香洒窗前。
一怀离绪倚阑干。

五言

步戴叔伦韵感端午

夏雨流云尽，
湘江岸芷深。
荷塘听月色，
离绪满山林。

秋夜有思

秋声怅暮蝉，
竟夜不成眠。
只影残钊烬，
相思又一年。

别友人

青山割淡云，
南雁报秋分。
晨露湿别绪，
蓬门待紫君。

寒露偶感

清秋觉露滋，
月桂玉帘湿。
明镜不堪看，
寒窗话旧时。

小步明月湖

湖畔杨柳枝，
依依话旧时。
春风不堪看，
何事惹相思。

我有一壶酒

我有一壶酒，
足以慰风尘。
山涧听漱玉，
冷月照幽魂。

我有一壶酒

我有一壶酒，
足以慰风尘。
三生石已落，
月半照幽魂。

我有一壶酒

我有一壶酒，
足以慰风尘。
山深石簌簌，
荆门夜归人。

我有一壶酒

我有一壶酒，
足以慰风尘。
不知兰芝味，
清晨渐忘身。

登金马山

晚霞铺翠柏，夕照起青烟。

紫燕穿垂柳，金鳞戏浅莲。

峦峰飞远鹤，稻畔漱幽泉。

桂子落秋月，听风亦澹然。

雁过知秋意

雁过知秋意，
霜寒天地空。
浮生轻似梦，
一叶付尘红。

我有一壶酒

我有一壶酒，
足以慰风尘。
十年寒窗梦，
秋闱夜归人。

霜降偶题

缺月隐霜晨，
寒风愁雁音。
苍梧知序令，
一叶落冰心。

冬　至

独坐寒窗里，
折梅寄素香。
似曾闻故友，
月半染屐霜。

腊八逢小雪

腊八逢小雪，
暮霭蒙炊烟。
早梅报春信，
云暗笼青山。

羊日偶感

疏疏一枝兰，
寂寞绽远山。
晚雪遥相问，
离愁载江船。

春　行

陌上燕莺啼，
斜风起柳堤。
春寒犹料峭，
石径漫云溪。

未名湖畔步韵休休子（其一）

栖鹭花溪近，
卷帘珠玉亲。
晚风折细柳，
博雅醉乡人。

未名湖畔步韵休休子（其二）

离乡情更近，
归家画眉亲。
书香茗小径，
月西待行人。

荷风送楚音

荷风送楚音，
山涧洗归尘。
故径连衰草，
斜月伴路人。

早稻雨沾襟

早稻雨沾襟，
秋池画素心。
山荆遮旧路，
不见去年人。

幽人独往来

幽人独往来，
三月桃花开。
清泉照小径，
明月倚云徊。

金鸡湖逢友人

冷月波心荡，
蔷薇绕小楼。
吴门逢旧侣，
霜鬓两三秋。

泊舟弄管弦

泊舟弄管弦，
秋水横翠山。
莫道斜阳近，
鬓斑忆少年。

小时无两双

小时无两双，
春风过篱墙。
绿衫杨花落，
冬至蜡梅香。

去年初见时

去年初见时，
明月映秋枝。
今宵霜风起，
何事惹秋思。

清辉润玉宫

清辉润玉宫，
星海亦无风。
静夜怀人意，
幽幽桂树东。

月下有思

秋月生田城，
山长故人行。
举杯待花落，
相思又一程。

贺映铮长女出阁

喜看共兰芝，
田城结藕思。
秋烛依杏意，
双影伴齐眉。

夜来忽听雪

夜来忽听雪,
冬至老街苍。
谁记石桥月,
依依洒绿窗。

中秋即兴

碧月洒莲舟，
青田绕水流。
藕花丝雨外，
桂子落清秋。

一晌醉春芽

一晌醉春芽，
依依映杏花。
开街听烟火，
半盏沁新茶。

落落一枝梅

落落一枝梅，
依依映雪芽。
开街听烟火，
半盏沁新茶。

七言

繁华过处一轻尘

繁华过处一轻尘，
散尽笙歌几度春。
此恨不关风与月，
未央玉树自秋心。

紫　薇

无边细雨无尽愁，
一叶斜落已知秋。
驿路紫薇滴清泪，
相思满襟何时休。

倒韵长春部长乙未赠诗

一声爆竹唤羊群，
几度燕回剪锦文。
笑看满园莺舞处，
春风扶我上青云。

元宵登高

长亭斜日隐溪东，
半涧山泉卷落红。
料峭春风凝暮雪，
低回柳絮醉清风。

赏李花，步龙德部长韵

一树琼芽映冰雪，
绿纱半掩透幽香。
山醪微醉云中客，
玉簟轻鬟润李芳。

高峰村赏花，步廖老师韵

春日踏青歌绕梁，
蝶飞莺舞采花忙。
峰高岭峻群英荟，
桃李芬芳沁冷香。

贺开江诗协成立接燕灵儿"腾飞百业唱春晴"句

腾飞百业唱春晴，
闻道花溪浣紫晶。
墙里秋千墙外笑，
离愁剪断画黄莺。

贺开江诗协成立接周大勤君"春风春雨奏和声"句

春风春雨奏和声，
浅唱低吟荟懿行。
椽笔轻毫传国粹，
高山流水觅诗情。

闻失苹果复得，戏作

人心非古诚信难，
不昧拾金已笑谈。
辗转入眠忽夜半，
清晨乍起现堂前。

和川东散人

星驰俊采耀山川，
毓秀钟灵文赋繁。
一曲清音结兰社，
高朋满座水云间。

和括然先生

一川春雨润开江，
兰社方兴鸿翼扛。
笔绽莲花飞千壑，
诗情泉涌映松窗。

和孙和平先生

花开陌上鸟争春，丽日初融碧水亲。
两岸青山飞柳絮，一帘燕语笑东颦。
流年长恨飘摇客，寒岁方知皓首人。
渺渺孤帆归远际，萧萧别绪润轻尘。

峨眉山凤凰湖小憩

青烟漠漠凤凰湖，
细雨蒙蒙湿杏酥。
半卷珠帘犹掩面，
只缘弄玉过秋梧。

登峨眉山，步韵刘禹锡《秋词》

石径森森秋意寥，
山岚纱纱渐晴朝。
时闻钟磬流千壑，
欲敛蛾眉上紫霄。

太行山战歌

红旗怒卷太行山，
铁马金戈气自闲。
帷幄运筹多妙计，
东瀛灭尽换新天。

斩倭虏

神州大地一声雷，
四亿同胞战号催。
强盗入侵休手软，
虏倭斩尽报春梅。

诺水河

峻秀蜿蜒诺水滩，
空灵世外有桃源。
南来北往逍遥客，
一点竹筏越九天。

秋郊行

漫道幽溪泛老枫，
秋声簌簌送南鸿。
牧笛洒落夕阳外，
闲看星辉挂玉弓。

感　秋

秋雨秋风秋半凉，
幽幽玉桂诉离觞。
笙歌散却浮尘外，
烛影摇红夜未央。

山园信步

疏疏落落草离离，
小径苍苍秋水依。
时有寒蛩鸣翠盖，
夕阳残照渡头西。

深秋登高峰

漫道高峰秋色浓，
苍苍翠翠绣晴空。
残枝莫悔惜春晚，
雪霁芳回万树红。

中　秋

秋去秋来复咏秋，
一痕秋色入江流。
前贤题尽中秋句，
明月依依照九州。

次韵李商隐《嫦娥》

长夜阑珊烛影深，
小园闲步月西沉。
嫦娥何事悲秋扇，
银汉茫茫冷素心。

霜　降

秋雨秋风秋半凉，
深深寒夜月凝霜。
飘飘落落凋残叶，
冬去春来醉梦乡。

冬日登高吟怀

冬日松风清壑寒，
登高放眼笼溪烟。
行舟逆水排云上，
雪霁春梅傲碧天。

贺开江中学新星文学社成立三十周年七律·接龙李本华君"殷殷抒发故乡情"句

殷殷抒发故乡情，冬至黉门缀落英。
樛棣深深流凤翥，蒹葭采采隐龙鸣。
曾怀远志游沧海，犹带豪情醉玉笙。
斑鬓霜华弹指过，梦回杏苑愧浮生。

仿白居易《卖花》

晨曦微露出山冈，
深巷卖花箫鼓长。
日暮天寒逢小雪，
卖花声唤买花郎。

玉宇半开朔风寒

玉宇半开朔风寒，
飞琼浮蕊缀人间。
信手拈梅香一缕，
冬去春来艳阳天。

渔歌向晚映流霞

渔歌向晚映流霞，
春水一湖洗杏花。
过眼凡尘皆幻梦，
空山残醉宿樵家。

小步荷渠抚素颜

小步荷渠抚素颜，
霜华月落染青天。
纤纤玉指拨朱户，
静夜渔歌伴露眠。

离别雪域已十年

离别雪域已十年，
稚子初成一瞬间。
只恨浮生鸥鸟度，
且听浪海泛春天。

翠翠红红映落霞

翠翠红红映落霞，
朝朝暮暮醉村家。
只缘夜半芳心许，
独锁深闺剪茜纱。

次韵宝玉题菊花诗

晴空万里少年游，
跃马扬鞭几度秋。
把盏东篱陶令后，
高风千古曜江流。

秋游金山寺

深秋意兴如兰若，浅唱低吟拂暮岚。
岁岁金橘香寺外，年年碧桂艳山园。
荷塘映雪留清影，宝树飞霜照紫烟。
古道西风驰骏步，又逢十月小阳天。

洗诗莲花湖

潋滟波光绽荇花，兰舟藕榭垂薄纱。
三重秋色分轻浪，一缕斜阳缀晚霞。
竹径通幽寻暮鼓，云溪流静听栖蛙。
远山归鸟林闲谧，卧看新藤吐绿芽。

戍　边

雪域戍边曾少年，青葱热血洒高原。

沙场比武春秋夏，打靶归来一二三。

夜半月寒谁知晓，晨曦星冷怎堪眠。

边风阵阵枪花硬，猎猎旌旗舞九天。

一梦红尘万事空

一梦红尘万事空，
悠悠岁月写浮荣。
离合聚散随缘起，
多少兴衰秋雨中。

花好月圆

中庭雪魄桂花香，
秋露清池觅好章。
快意平生逐月影，
乐天小酌映圆珰。

次韵杜牧《山行》题神龙峡

溪水潺湲古栈斜，
晨风漱玉沐乡家。
山亭峭峻盘旋上，
漫步云中觅野花。

一笺相思一笺愁

一笺相思一笺愁，
一梦琴台一梦幽。
一点苍苔一点寂，
一江明月一江秋。

冬至瑰谷剪玉枝

冬至瑰谷剪玉枝，
红红翠翠未曾识。
约客来年酌淡酒，
春风桃李寄相思。

忆 梦

昨夜西风绕小楼，
残灯玉漏画屏幽。
孤馆身寒只影去，
一树相思一树秋。

少年游

书卿年少未曾惜，
街后街前两梦依。
犹记石桥明月照，
杨花落尽总别离。

独徊小径问斜阳

独徊小径问斜阳，
年少多情可掩藏。
叶落冬寒思往事，
不知两鬓染秋霜。

疏疏落落一轻尘

疏疏落落一轻尘，
满腹相思润素襟。
别后十年卿记否，
江边杨柳绿山阴。

立秋信笔

昨夜西风上小楼，
倚窗醉看一江秋。
香兰泣露琴弦乱，
半树青红寄绿榴。

潇潇风雨潇潇天

潇潇风雨潇潇天，
独醉江枫独凭栏。
绿扇何曾待君去，
霜荻又见楚歌衫。

霜　降

梧桐夜雨竟夕凉，
两鬓不觉已秋霜。
欲问萍踪何所寄，
江天漠漠望旧乡。

今日桃花几树栽

今日桃花几树栽，
三月春风吹又来。
不曾识得冬雨炉，
明年相约剪云开。

一树梅花一树芳

一树梅花一树芳，
半身飞玉半身凉。
何曾秋月听秋语，
几点心痕几点霜。

春行竹溪

一汀芷水映青霞，万亩芳塘剪茜纱。
小院三更听杏雨，春风十里醉桃花。
莲舟兰棹飞白鹭，蓑笠竹溪跳绿蛙。
袅袅炊烟村舍静，牧笛洒落稻田家。

飞云峰赏月

缺月隐隐上松枝，
把盏低吟觅新词。
霜鬓凝眉玉宇外，
正是人间团圆时。

剪剪霜风上小楼

剪剪霜风上小楼，
竹溪玉簟画屏幽。
半开半合听夜曲，
一树相思一树秋。

八月桂花稻田开

八月桂花稻田开，
蟹黄橘绿碧云裁。
满园秋色丰年醉，
鱼跃竹溪约客来。

独墅湖 · 秋香三笑

姑苏夜半雨芦亭，
峭冷寒枫步墅汀。
曾忆秋香湖畔过，
一颦三笑采红菱。

雨打窗前红树林

雨打窗前红树林，
青烟冉冉渐黄昏。
雪泥终似秋江月，
疏影阑珊别故人。

题古新宁八景之珠峡晓烟（靖安连珠峡）

渺渺珠峡荡荡潮，
青山隐隐树萧萧。
千古悠悠多少事，
一川烟雨问渔樵。

游红树林

落红扫径水东流，
漠漠江天荡小舟。
萧瑟枫林听晚渡，
一壶老酒醉清秋。

白露偶题

秋水蒹葭白露霜，
伊人何处过横塘。
梧桐半落湿红雨，
闲看竹坞绕绿蔷。

一睹芳容叶未寒

一睹芳容叶未寒，
秋风绿水碧山湾。
试问伊人归何处，
道是斜阳倚香兰。

十里银妆绕画廊

十里银妆绕画廊，
湖光山色果飘香。
登高望远凌云志，
锦绣淙城满春光。

夜阑寂寂半山亭

夜阑寂寂半山亭，
远壑春烟千丈青。
一盏新茶心且浅，
拂云遥看满天星。

中秋遥寄

一轮桂月落清梧，
千里传笺只影孤。
正是田城春依旧，
东风万点串玉珠。

端　阳

悠悠兰芷粽流香，
碧玉轻鬟过画廊。
十里荷塘听翠鹭，
藕花深处醉端阳。

千山暮雪隐青烟

千山暮雪隐青烟，
半世轻狂未了缘。
玉立婷婷弹雅韵，
借来浅醉画红颜。

七分酒意三分茶

七分酒意三分茶，
夜半雨声落山家。
最是八月留不住，
春来还看一溪霞。

最是田城四月天

最是田城四月天，
桃花三月可堪眠。
今宵且登九楼上，
锦绣万里春满园。

洗诗宝石湖

潋滟波光绽莲花，兰舟藕榭轻浣纱。
三分秋色点碧浪，一缕斜阳缀晚霞。
竹径通幽寻暮蝉，花溪流静听栖蛙。
远山归鸟林愈谧，卧看老藤吐新芽。

新　诗

忆父亲

我记得

那

是一个冬天

父亲走了。

他走得很安详

却太匆匆

甚至

没有留下一句话。

只记得那个傍晚

阴沉的天空寒风凛冽

模糊蒙蒙泪眼

撕裂了风中的哭泣。

记得

小时候父亲带我们在河里捉鱼

在放学的路上唱歌

他的歌声总是那么深情豪放

如同桃花在草原之夜盛开。

父亲很威严也很慈祥

他深爱着他的孩子们

如同春雨滋润着大地

从不需回报。

父亲走了

我们无尽的痛苦和思念

在苍茫夜色中

随着瑟瑟风声一片片坠落。

父亲走了

尽管他是那么不舍

尽管我们是那么不舍。

昨天

我们又来到了父亲的墓前

点燃一片哀思

在山中静默。

风雨中摇曳的蒿草

如同父亲远去的身影

把思念写满

青山。

我来不及爱你

我来不及爱你
而时光已渐渐老去
犹如昨夜的风儿
轻轻地，又悄悄地
把心底那一缕思念卷起

黄 昏

黄昏
你再次失约
如窗前的雨声
无痕

你用脚在沙滩上画

你用脚在沙滩上画着，画着
又擦去
我不想知道你画的是什么
因为我知道
那擦去的可是我们的初相识啊

花依然绽放

花依然绽放

在枝头

雨依然下着

在心头

我依然念着

在梦头

美好的记忆

美好的记忆
总是那么短暂
就像夕阳之歌
洒落在秋天的露珠上
独自牵绊

一切的一切

一切的一切
都变得那么遥远
仿佛从未相识
也不曾遇见

莺儿走了

莺儿走了
花枝还在那里
月儿走了
云朵还在那里
你走了
背影还在那里

匆　匆

匆匆

你走了

如五月的丁香

指间犹有余温

花瓣已凋落脸庞

最初的思念

最初的思念
留在青春懵懂的那一瞬间
我无语相对
在彩霞漫天夕阳西下的
林荫路边
还是这条小道
还是长发披肩
渔歌唱晚，岸芷汀兰
路边，偶尔有一束山花烂漫
或许是我太挂牵
或许是时光流连
匆匆那年

背影依旧清晰
歌声依依思念
夜已经深了
星星草在露珠中
悄然入眠

是的，曾经我是如此思念你

在没有星星的夜里
在轻风飞扬的峰峦上
你，就像一支幽婉流淌的夜曲
悄悄地从我的记忆中离去
我所思念的
不再是你如莲的笑靥
也不是浅淡的裙裾
只是留在内心深处
那远去的时光，和
青涩的记忆

雨后的小路，静静的

雨后的小路，静静地
从暮色走向苍茫
空气一片清新
树叶儿在风中沙沙作响
这时，我忽然很想
你也是静静地
在我身旁
沿着清爽的小路
抻着斜阳下的影子
走向远方

你曾对我说

你曾对我说

相逢是首歌

正是在如歌的岁月

你和我于最美丽的年华

在高原相逢

那年，你从西安来到了拉萨

我从成都来到了拉萨

也许是冥冥中早已安排

我和你在雪域高原

这一次如歌的相逢

一起走过的日子

醉过笑过

聚过散过

年少的轻狂

让我沉醉在布达拉宫

凛冽的寒风中

沉醉在你的轻颦笑靥里

尘世的一切美好时光

总是那么短暂

总是那么匆匆

也许是因为我们太年轻

不懂得珍惜

也许是因为我们太在意

不相信别离

一个下雨的日子
我收到了你浸满水墨
写满思念的那张素笺
而我，在青春年少
竟淡淡地忽略了
你一行行的心迹
时光的流逝
正如高原的格桑花
沉淀着我们曾有的心事
沉淀着星子里月华如洗
这些年，或许我们偶尔
偶尔，还会想起

想起你的笑我的歌

想起如歌的岁月

最美的年华

在青春的军营

伴着坚毅的刺刀

任雅鲁藏布江奔涌的浪花

点亮前方哨所的星辉

在记忆中慢慢沉寂

多年前

多年前
梦想有一次
说走就走的旅行
多年后
终于等到了一张车票
却发现
背包真的好沉
汽笛声声
愁肠百转
但那份初心
是否还如昨天
独步在山月的影里

掬一缕清风

洗涤内心

远方的风景

依旧灿烂

隐隐的阑珊灯火

似乎摇曳着当年那张素笺

星子在远峰闪耀

你的笑

悄然仕星火里

把我的心点燃

月华如练

一如在那棵柳树下

我们默默细数星子

青春的当年

岁月的长河

涤荡了无数曼妙的风景

唯有万种相思

依稀记得我们牵手的小路

在远方

缥缈如烟

夕阳西斜

夕阳西斜

突然想起你的秀发

在远方的古墙

依依把诗句写下

离去的背影

依旧如云朵般潇洒

我醉了

在七月的星空

想起昨夜梦幻的老歌

追忆似水年华

流 云

流云

轻轻地

在远山呼唤

朦胧的夜色

懒懒地

漾起微晕

你的笑

如烟

为了这一次重逢

为了这一次重逢

我们跋涉万水千山

路途虽然遥远

但心里有风景

早已忘却了路途的疲倦

其实，见或不见

正如心里的那朵莲花

婀娜鲜妍

多年的夙愿

早已如斑鬓的秋霜

遮掩了尘世的俗缘

穿越这一程山水
我们毕竟还是
未能忘却昨天

就是那一眼

就是那一眼

那一眼

你的微笑

在凌晨的梦里

蓦然出现

一袭长裙

在夜色中随风摇曳

心中的万语千言

那　瞬间

竟如路边的梧桐

在弥漫的夜乡

清清浅浅

梦中的风景

依然停留在昨天

半湾秋月

一眸秋烟

相聚只是离别的夜曲

总是那么匆匆

你的笑

我的念

一眼万年

匆匆那年

匆匆那年

我拽着夕阳的影子

醉于你披肩长发

醉于你似笑非笑的浅语

这句话

从不曾提起

乡间的小路，蝴蝶花

盛开的小路

我们曾不舍离去

也从不曾离去

就是那条路

我们一起走过的那条路

你的影和我们的歌

在漫天彩霞夕阳西下

勾起心底最初那一抹涟漪

我和你

想起从前，想起年少的岁月

我们曾经携手

曾经在那湾小溪

听枫叶轻柔幽婉

诉一声声别离

是谁让我在今夜又想起了你如莲的笑靥

是谁让我在今夜
又想起了你如莲的笑靥
是谁让我又忆起你
多年浅绿的裙裾
漆黑的夜幕在暗暗闪现的
流星中默然沉睡
凄冷的风在苍苍蒹葭里
把岁月的影像洗涤
在没有诗酒的远方
把自由的风写成今生的夙愿
在东篱疏疏落落的菊丛
剪一缕夕阳斜照的距离

走在弯弯曲曲的山路

思绪停留在青石板铺就的老街

吊楼子上的声声蝉鸣

让八月桂花酿成一支清香的夜曲

美好的时光总是那么匆匆

离别的岁月依旧让人想念

桥边那轮明月是否依旧清浅

记忆在你渐行渐远的背影中缥缈如烟

听一池梧桐夜雨

听一池梧桐夜雨

流几弦华年相思

秋雨阑珊，红叶添香

你长发胜雪缥缈如烟

围一席炉火

半开半合，似醉非醉

清茗微醺，纤指如玉

黄叶在枝梢翻飞

一怀飘零的细雨剪断离秋

休回首，懒听风吟

弹一曲高山流水

抚一阕绿肥红瘦

尘缘如梦，几番风雨

终究一转身

憔悴了陈年旧事

辜负了如春韶华

梦回枫林渡

霜染几重秋

且共白头

在黑暗中前行

在黑暗中前行

身边的巨石伸开利爪

影影绰绰

压得人好沉

夜色像一张密密实实的网

把思绪笼罩

常想黑暗前方那盏灯

会在不经意拐角处

蓦然闪现

是的，我坚信

隧道前方必定会有光明

正如人生

痛与快乐并存
前行，在漆黑的夜里
我相信，前方
必定有一盏灯

习惯了一个人

习惯了一个人

坐在窗前

静静地想你

在日出的清晨

或是流星闪现的冬夜

你，就像一片枫叶

凋落在我的心里

如诗的残红

寂寂地绽放

叶上晶莹的露珠

散发着你发尖的兰香

那么久远

又那么清冽

远行的风

把记忆从山那边卷来

一行行文字

在似水的流年飘摇

我已经习惯

一个人静静地想你

想你的声音

想你的话语

想你多年浅绿的裙裾

或是在下雪的天空

把思念化成记忆

然后，煮一杯香雪
任氤氲飘散的思绪
把记忆轻轻地
轻轻地，在心灵深处
点燃，或者抹去

这么多年了

这么多年了
不变的红霞满天
你还是你
我仍然没变
依然在你身边
旧时的光影如线
一缕缕，一句句
如彩蝶翻飞，如三月
桃花盛开满园
这一次相聚
是为了明天的离别
还是把思念藏在心间

我无语诉说

在你渐行渐远

一笺冬语的暮雪千山

红　霞

红霞

明晨你又要走啦

其实有很多话

我没有说

你也是静静地看晚霞

那些年

曾经的蝴蝶盛开

曾经的苍苍蒹葭

曾经的欢歌笋语

曾经的一路情话

红霞

明晨依旧寒露

明晨依旧清茶

明晨依旧铃声一路

明晨依旧笑语

这一路

春晓霜寒，冬阳如画

无语珍重

无声话别

还有两个背影

只有一丝牵挂

红霞，那时光

那心雨，那秋纱

思念，在心头

在手里，在月牙
可曾忘
那一抹浅红
那半肩薄纱
醉了，勿忘
印迹的
淡淡莲花

三月的春光

启航，我们携手在三月的春光
三月，我们走在充满希望的田野上
回望2016年的脚步已渐行渐远
梦想在2017年的春光里悄然绽放
沐浴着三月的春光
暖暖的，柔柔的，亮亮的
沐浴着三月的春光
淡淡的，轻轻的，漾漾的
在万物复苏、生机勃勃的三月
乘着风的翅膀我们来了
在阳光明媚、革故鼎新的三月
甩开膀子撸起袖子我们尽情欢唱

这三月的春光啊

照亮了我们前行的步伐

这三月的春光啊

更点燃了我们干事创业的一轮朝阳

昨天，我们脚下的这片土地

曾经那么贫瘠，那么沧桑

今天，我想约你在这里看看

一个崭新又充满希望的开江

看啊，中山寺休闲公园披着彩霞

屹立在城市的中央

金山寺的钟声在晨风中

穿透静谧的古树久久回响

南北环线如一道连接天际的彩虹
勾画着我们对明天的向往
健康家电工业园区乘势崛起
书写着开江人锐意创新、不胜不休的
　豪情万丈
我想约你到莲花世界漫步
这万亩的荷塘在月色中朦朦胧胧
我想约你到龙形山踏青
那里正是遍洒银杏的十里长廊
我想约你到万亩黄金花海观光
那一片金色的海洋在艳阳下泛起波浪
我想约你到滨水景观小憩

那河畔的金柳在夕阳的掩映下郁郁

　　苍苍

我还想约你到飞云温泉

在氤氲如画的时节拥抱天下第二汤

我还想约你到宝石湖畔

在川东第一湖划着莲舟戏水歌唱

这三月的春光

点亮了林间一树树的希望

这三月的春光

照亮你照亮我照亮我们英姿飒爽

我们要深情地歌唱

歌唱春天赋予我们创业的力量

我们要激情地描画

描画一幅锦绣河山万里春光

我们崇尚为民、务实、清廉

我们秉承忠诚、干净、担当

巾帼有巾帼的气度

女性有女性的荣光

我们永葆全面从严治党的先进性和纯

　　洁性

在各条战线上脱贫奔康

我们坚持不忘初心的承诺和誓言

蹄疾步稳继续前进，一步步

在"四个全面""新发展理念"的

指引下

我们昂首阔步行走在脱贫攻坚的大

道上

改革创新，跨越争先

必将是我们决战决胜全面小康的坚强

保障

满载中华民族伟大复兴的东方巨轮

已经在朝霞满天中直挂云帆乘风破浪

启航，我们携手在三月的春光

三月，我们在春光里携手启航

在梦中我笑了

在梦中我笑了

因为不经意

在那条小路

悄然拾起你的足迹

可是你却不知晓

一重思念

更一重别离

多年以后才发现

心的距离

也许就在青春年少

你浅笑嫣然

擦肩而过梨花盛开

欲言又止的
淡淡心语

那些年

那些年

总不能忘怀丁香花开月半

月光在田野洒下朦胧光辉

你依稀说待我长发披肩

夜风吹拂鸢尾草清香淡淡

总不能忘漫步明月湖畔

春天里碧水间你笑靥灿烂

不经意别离的时光匆匆如闪

月光黯然跫音不响往事如烟

红尘滚滚人生路漫漫

谁曾忘轻狂年少白云边

那秋水那橡树和正盛开的蝴蝶兰

光阴荏苒相思写素笺
谁曾忘片片枫叶落窗前
那背影那林荫和青春不老的红颜

当月亮沉入星河

当月亮沉入星河

寂静的夜没有一声蝉鸣

路边的七叶草

微微俯下身子

借着光亮

寻找你远去的路

晚风想着月儿

晚风想着月儿
月儿伴着星子
星子吐露着
玫瑰的芬芳
洒落我的心上
而我
却在想你

夜幕低垂

夜幕低垂

晚风微露

光与影在树间缠绕

从地下把暗夜划破

一刹那

所有的过往

与念想

在永恒的星空

绽开一朵朵莲花

清浅依旧

细　雨

细雨
在莲花中
打开伞
一叶寂静

已醉了

已醉了

昨天的相逢

枫叶飘飘

凝一帘幽梦

听岁月无声

看一程不老的背影

依依婉婉如虹

浅浅淡淡似空

那夜星子

沉醉了

在梦里

或是

缥缈的松风

黑　白

昏沉
是黑白的轮回四季
眨眼
是黑白的邈远天际
回首
是青葱的黑白影迹
转身
是岁月的黑白洗涤
天与地在海平线交织
夜和昼在时令里代序
相忘，在烟火人家

有茶或酒
相依，在遥远岁月
有梦和你

那一程

那一程
听到了你的足音
那一叶
又洒落飘飘雨痕
别离，在
秋分
心里淡淡的
那粒绿尘
伴随远去的云
飘去飘来
不变的是过往
留下的是星辰

秋来秋去
看花开花落，听
岁月无声

听　雨

听雨

还在下

你一声声低语

恍若昨天

擦肩而过

绿裳的影

过久的秋蝉

还是不变的

心迹

那是我或你

曾有的段段记忆

不能想，还是不能忘

板桥明月清风依旧
溪风伴着小星儿
睡了，也倦了
是否听到
春
呼吸

红　霞

红霞

明晨你又要走啦

其实有很多话

我没有说

你也是静静地看晚霞

那些年

曾经的蝴蝶盛开

曾经的苍苍蒹葭

曾经的欢歌笑语

曾经的一路相伴

红霞

明晨依旧寒露

明晨月落霜华

明晨串起铃声一路

明晨笑语陌上如花

这一路

春晓霜寒，冬阳如画

无语珍重

无声话别

霜露浸透了咫尺背影

剪不断眼角飘飞的牵挂

红霞，那时光

那心雨，那秋涯

思念，在心头

在手里，在月牙
可曾忘
那一抹浅红
那半肩冬纱
斜晖脉脉
浅荭悠悠
点点寒芽

诗贵耐看经读

——读李伟诗集《那湾秋月》有感

武礼建

诗，无论古诗新诗，不管律绝词曲，耐看经读才是好诗。耐看，满足鉴赏的需求。经读，享受把玩的乐趣。看不入眼，读不上口，字纸而已。耐看经读，算不上诗艺标准，个人浅见，做个不成体统的尺子，也能多少衡量出点儿好坏来。

入眼，第一印象很重要。非诗谁读？遣词飞沙走石，造句疙儿骨瘩，肯定不是诗。而今有太多的鱼龙混杂，实在是有辱斯文。附庸风雅，难为秀士。让诗歌回归小众大雅，才有繁荣的希望。

入眼还要耐看。一个耐字，一而再，

再而三，禁得住反复看的诗，自然是好诗。"举头望明月，低头思故乡""但愿人长久，千里共婵娟"，怎么看都不丑，要不怎么会从古一直看到今？形式美固然重要，内涵雅更具魅力。把一句大白话排列成诗，你会反复品味吗？

我有切身体会，拿到一首好诗，就情不自禁地读出声来。如果不上口，就会马上打住，弃之一旁，不会再读。上口又经读的诗，才是受人喜欢的好诗。叶芝的《当我老了》，徐志摩的《再别康桥》，余光中的《乡愁》，艾青的《我爱这土地》和舒婷的《致橡树》，为人反复朗读，是因为它们经受得起呀。

凡此种种，我也爱看爱读李伟君的诗作。看看这首《采桑子·卢沟月》：

狼烟弥漫卢沟月，铁血凝霜。铁血凝霜，军号声声奔战场。

拔刀点兵驱倭寇，雄翼轻翔。雄翼轻翔，一扫阴霾万丈光。

读读这首《在黑暗中前行》吧：

在黑暗中前行

身边的巨石伸开利爪

影影绰绰

压得人好沉

夜色像一张密密实实的网

把思绪笼罩

常想黑暗前方那盏灯

会在不经意拐角处

蓦然闪现

是的，我坚信

隧道前方必定会有光明

正如人生

痛与快乐并存

前行，在漆黑的夜里

我相信，前方

必定有一盏灯